爸爸，我們去哪裡？

Où on va, papa?

尚路易・傅尼葉 Jean-Louis Fournier ——著

范兆延 ——譯　黃方方——圖

推薦序——

父愛是一種病

作家／邱祖胤

我一直很享受當父親的過程，對三個孩子的迷戀、瘋狂，許多朋友在臉書上都見識到了，這些行為有時連自己也難以理解，也許只能解釋為，如果不這麼投入，那麼這個「只出一顆精子」的父親角色，還真是空虛得可以。

直到四年前大兒子動手術。一開始是進行「漏斗胸」矯正手術，在胸腔裝三根鋼條，撐起原本極其有限的心、肺空間，沒想到術後一個月，氣胸復發，又動了三次手術——其中一次長達六小時，我和太太在手術室外心焦不已！直到醫生出來說明，兒子也清醒了，我和太太抱頭痛哭，上演著八點檔、韓劇裡才有的誇張劇情。

兒子術後洗澡的工作由我代勞，忽然有一種魔幻感……三個孩子都是我從小洗大的，但其實讀幼稚園就放生了，再次重操舊業，竟恍如隔世。

豈料小兒子上了國中，與哥哥同樣的症狀浮現，太太當機立斷，決定及早治療，於是便在去年動了相同的手術。

不能說有了上次經驗，家人就能更鎮定，剛好相反，也不知是老么總是給人長不大、愛哭鬼的印象，我對他的擔心更勝老大。手術期間，我多次躲到梯間裡大口深呼吸，怕太太看到，深怕她受我影響，實則她比我堅強太多了。

多愁善感的父親太麻煩了，還好他們的母親夠堅強。

也因此，當我詳讀《爸爸，我們去哪裡？》，特別能感同身受。這是一封父親寫給兩個孩子的情書，讓人看到一個父親面對病痛的孩子，內心世界何其曲折、堅強以及溫柔，撒手不管也許殘忍但最省事，任何選擇都不容易，但決定扛下責任的人，必有過人的毅力及無可取代的愛。

但如果你像我一樣多愁善感，將會感受到這本書的殘忍，殘忍的不是作者，而是現實生活；殘忍的是，他是一位充滿愛的父親，他若選擇面對，便得承受一切殘忍，他若選擇放棄，殘忍的刀便要砍向兩個孩子或妻子；殘忍的是，一個孩子殘障也就罷了，竟然第二個孩子也是；殘忍的是，這位父親一次又一次承受打擊，卻將困境當成生命最好的禮物。

如同作者說的，很多人以為，「一位家有殘障兒的父親必須神情哀傷。他必須背負著十字架，臉上戴著痛苦的面具，絕對不能扮成小丑來逗人開心。」然而選擇愛的人，看到的都是愛，他說，兩個孩子卻總是想盡辦法逗他笑，「我們不應該剝奪殘障兒逗我們開心的可貴權利。」他在兩個孩子身上看到的不是殘缺，而是天使降臨的靈光。

生活固然磨人，但做父母的總是想到孩子，他們的未來如何？可以從事什麼職業？萬一我不在了怎麼辦？

但這位父親是這樣想的，兒子馬修無法挺直身體，肌肉缺乏張力，癱軟得像個布娃娃，「我想過也許他可以當修車工人，不過是個躺著的修車工，那種在沒有升降機的車廠裡躺在地上修理車底的工人。」想法也許天真，但一個有愛的父親，他可以想出一百種適合孩子的職業。

他也說，「和我的孩子在一起，永遠不用擔心變不出新把戲，因為他們什麼都記不住。跟他們在一起，沒有厭倦，沒有習慣，沒有無聊。這個世界永不過時，一切都是新的。」

也不是沒有想過結束這一切，「我要去買兩瓶東西，一罐丁烷瓦斯，一瓶威士忌，然後把它們用光喝光」「如果我出了一場嚴重車禍也許更好」……

也許至今仍有人懷疑，父愛不如母愛，父親的力量總是遜於那個「為母則強」好幾籌。讀罷此書，我們終於知道，父愛也可以無極限，父愛也能如此發自內心，恆長恆久。

這位強大的父親讓父愛變成一種病，而且永遠都不會好起來，在與病共存的過程中，陪伴著在外人看來也生病的孩子，他們不是同病相憐，而是互相扶持，而且永遠不離不棄。

感謝作者傅尼葉以如此幽默靈巧的筆，寫下為人父的心路歷程，讓所有仍在承受著子女病痛的父親、母親，知道有人與他們同在，知道有一個父親及無數的父親，以一輩子的行動證明，就算孩子有再大的缺陷，他也要包容到底、堅持到底、愛孩子愛到底。

因為這樣的父親，使天底下的父母產生勇氣與自信，繼續去愛自己生命中最重要的人。

來自深深被觸動的真心推薦

閱讀《爸爸，我們去哪裡？》，像是悄悄靠近一個人掩飾過的傷口，卻驀然窺見歲月的洗禮之後，一抹抹父子親情的溫柔乍現。

這不是一段容易的向人訴說的生命旅程。面對孩子們的「獨特」，身為父親初始的無助與懷疑，作者沒有逃避事實，而是用一種「特別」的幽默與深情，緩緩地說出孩子們在他生命的重量。

他沒有聲嘶力竭地悲傷，也不奢求他人的同情安慰，只是以一種近乎自我揭露的方式，以文字療癒自己的內心，緩緩紀錄陪伴孩子曾遇到的人生風景。

生活處處是困難，也處處展現人情之愛。那些日常裡的掙扎與勇敢的堅持，那些被看見的淚水，激勵人心；那些沒被看見的眼淚，讓你進入更安靜地聆聽。

你如果也曾經懷疑自己是不夠好的父母，這些在愛裡跌跌撞撞、仍不放棄前行的故事，可以慰安你繼續帶著孩子一起走下去：也許我們永遠找不到親情的標準答案，但只要和所愛的親人牽著手走下去，就會知道，彼此的心緊緊相繫著。

——作家、丹鳳高中圖書館主任／宋怡慧

寫童話的我，總習慣在想像力的高空上無中生有、歡喜彈跳，覺得自己永遠是三十歲。作者也覺得自己才三十歲——卻是跟著兩個重度殘障的兒子一塊被拋擲到時間停滯的荒岸上。那裡沒有永恆的青春，沒有童話，只有無盡的深淵。多少家長曾被這樣殘酷的地心引力攫住，深陷地底，作者卻翻著翻著竟然就鑽出了地表！來向大家報訊。讀著書中如此坦誠的絕望、戲謔、真情與念想……我哭不出來，笑不出來，卻被深深扎進心坎。那是超脫眼淚與笑，生命最底層的觸動。

——兒童文學家／林世仁

幽默，是滿出來的智慧。十七年前，在法國文壇及電視圈享有盛名的尚路易．傅尼葉寫下《爸爸，我們去哪裡？》，這本書讓我讀到又哭又笑。每個人都渴望自己能被別人理解，然而傅尼葉患有身心障礙的兩個孩子，卻永遠也不了解他的心聲。很多人都有相似的絕望，還有長年埋藏在心底深處，無法公開及抒發的歉意。很高興這本好書終於再版。從終其一生不被了解的深情，找到有人懂你、為你打氣的共鳴。幽默是對付痛苦最好的方式，更是滿溢出來的智慧，幫助你一再超越生命的困境。

——「人生五書」作者、臨床心理師／洪培芸

這是我的床頭書。它會讓你心軟入睡，溫情醒來；它會讓你充滿勇氣，含笑面對人間不幸。

——老新聞人、媒體顧問／陳浩

我猜想作者無意搞笑，但這本書怎麼處處都是笑點？我相信作

者無意訴苦，但這本書苦情淚水力透紙背！我以為作者無意勵志，但這本書竟是如此力量深沉……一本讓人心疼也讓人心碎的書。

——資深文字工作者／彭蕙仙

書中以坦率、不遮掩的方式，吐露出身為兩位殘障兒的父親之苦，儘管是自我解嘲，卻能讓我們更清楚看見平常看不見的幽微之處——無形的痛苦比有形的部分更加折磨。或許，讀完此書的你並不會感到更多快樂，但你絕對可以在遭遇痛苦的時候，多了一些反脆弱、自我解壓的能力。沒有人可以一生順遂，當壓力隨著意外與磨難降臨時，你會需要這些非凡的能力與它們和平共處。

——《內在原力》系列作者、TMBA共同創辦人／愛瑞克

細細地讀著，法國作家尚路易．傅尼葉的作品《爸爸，我們去哪裡？》，我從內心深處感謝這位父親的「勇於幽默」。

人們總以為，幽默是比悲情、比憤怒，更具智慧的。應該沒錯，幽默，尤其是「幽」自己悲涼處境之「默」，的確需要高超的EQ指數。可是有沒有想過，如果，幽的，是自己的一對兒子，打出生起便注定是殘障兒的命運時，那又需要何等的胸懷，何等的勇氣呢？

如果，每個孩子都是老天爺的恩賜，那傅尼葉這位老爸顯然「太得天獨厚」了，他竟然被老天爺一連「恩賜」了兩回一樣的禮物。難道，卑微的父親，不能高聲向老天爺喊出，「你是不是搞錯了？」「如果連『賓果一次』的機會都沒有，為何連續兩次都恩賜個殘疾兒呢？」

——作家、台北市文化局長／蔡詩萍

同樣擁有兩個兒子的我，很慶幸沒有遇上傅尼葉的兩次世界末日，但這本書帶給我的震撼並不因此而消滅。無論你是否曾有過相同的際遇，你必然被它觸動。

——作家／駱以軍

親愛的馬修，親愛的托馬：

你們小的時候，我有幾次很想在聖誕節送書給你們，像是《丁丁歷險記》之類的，我們可以在讀完後一起分享心得。丁丁的故事我很熟，每一本我都讀了好幾遍。

但我從來沒買過書，沒有這個必要，你們不識字，而且永遠也無法看懂。一直到生命的盡頭，你們的聖誕禮物都會是積木或小汽車……

現在，馬修離開了，去到一個沒有人可以幫他找回皮球的地方；而托馬還在世上，只是腦袋越來越迷糊。但我還是要送你們一本書，一本我為你們寫的書，好讓大家不要忘記你們，讓你們不會只是殘障證上的一張照片。我要寫下我從沒說出口的話，算是懺悔吧。我一直不是個稱職的父親，你們常常讓我覺得心煩，要愛你們好難。面對你們，需要有天使的耐心，但我不是天使。

我要告訴你們，我很遺憾沒能一起幸福地生活，也或許是希望你們原諒我沒能好好照顧你們。

你們和我們運氣都不好，天外飛來橫禍，這就叫做倒霉。

抱怨到此為止。

人們說起殘障兒的時候，總是會一臉不捨，好像在談論一場災難。但是這一次談起你們，我想要努力帶著微笑。你們曾經逗我笑，而且有時甚至是故意逗我開心。

因為你們，我享有一般父母沒有的好處。我不用操心你們的功課，也不用煩惱你們的職涯規劃。我們不必在理工和文科之間猶豫不決，不需要擔心你們未來要做什麼，因為我們很快就知道——你們什麼也不用做。

而且值得一提的是，多年來我一直享有汽車免稅貼紙[1]。因為你們，我才可以開著美國進口的大轎車。

只要坐上卡瑪洛，十歲的托馬就會像往常一樣重複問：「爸爸，我們去哪裡？」

一開始，我回答說：「我們要回家。」一分鐘後，他會同樣天

1 擁有永久殘障證的殘障兒父母有資格獲得汽車免稅貼紙。一九九一年，法國廢止免稅貼紙，家有殘障兒就再也沒有好處了。

真地再問一次相同的問題。他沒聽進去。到了第十次「爸爸，我們去哪裡？」時，我不再回答了……我不太確定我們要去哪裡，我可憐的托馬。

我們要往下坡駛去，我們要直接朝牆開去。

一個殘障兒，然後是兩個，為什麼不來第三個呢……

我沒有想到會這樣。

爸爸，我們去哪裡？

我們要上高速公路，逆向行駛。

我們要去阿拉斯加，我們要去摸熊，然後被熊吃掉。

我們要去採蘑菇，摘下死帽毒菇，做成一道美味的歐姆蛋。

我們要去游泳池，從大跳板上跳入沒有水的池子。

我們要去海邊，去聖米歇爾山。我們會在流沙上散步，我們會陷進沙裡，我們會一起下地獄。

托馬面不改色繼續問：「爸爸，我們去哪裡？」也許他就要打破自己的紀錄。問了一百次之後，很難忍住不繼續往下問。和他在一起，永遠不會無聊。托馬是老哏王。

從來不怕自己生下殘障兒的人請舉手。

沒人舉手。

每個人都會擔心，就像擔心地震、擔心世界末日一樣，擔心那些只發生一次就足以毀滅一切的事情，但我卻遭遇了兩次世界末日。

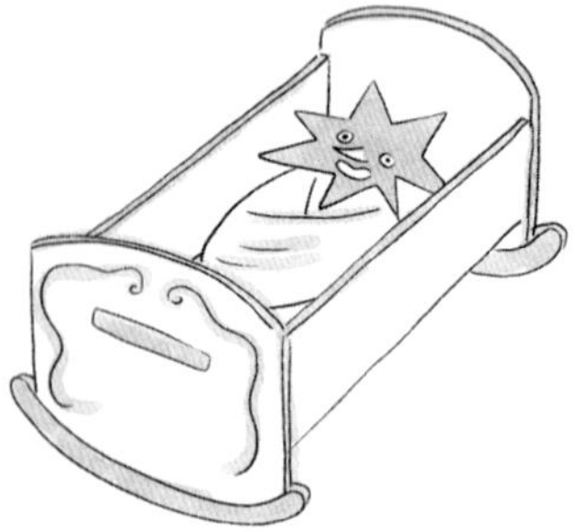

當看著一個剛出生的孩子時，我們會感到驚嘆。他真是完美。我們看著他的手，數著他的小手指，發現他的每隻手都有五根手指，腳也是如此。真叫人驚訝。不是四根、不是六根，都不是，而是剛好五根。每一次都像在目睹奇蹟，而我還沒有提到內部構造，那就更加精巧了。

生孩子等於是在冒險……並不是每次都會萬無一失，但是我們仍然選擇生育。

地球上，每一秒鐘就有一名女性生孩子……「我們一定得找到她，告訴她別再生了。」諧星會這麼說。

昨天，我們去了亞伯維爾修道院，把馬修介紹給瑪德蓮姑媽，她是加爾默羅會的修女。

我們被帶到會客室，那是一間用石灰粉刷成白色的小房間。在最裡面的牆上有個被厚簾子遮住的窗口。窗簾不是木偶劇戲台那樣的紅色，而是黑色的。有個聲音從簾後傳來，對我們說：「小朋友，你們好。」

說話的是瑪德蓮姑媽，她是隱修修女，不能見我們。我們和她聊了一會兒。她表示想看看馬修，於是請我們把搖籃放在窗口，之後我們轉身面向牆壁。隱修修女們可以看小孩，但是不能見大人。接著，她叫其他修女過來欣賞她的小外甥。我們可以聽見裙袍摩擦的聲音，還有竊笑和笑語聲，然後是簾幕拉開的聲音。緊接而來的是所有人異口同聲的讚美，夾雜著逗弄嬰兒的「咯咯咯」、「咕嘰咕嘰」。「他好可愛啊！你看，修女長，他在對我們笑呢！簡直就是個小天使、小耶穌！」只差沒直接說這孩子看起來超齡了。

對這些修女來說，小孩就是上帝創造出來的，因此他們毫無缺點。上帝所做的一切都是完美的。她們不願看到任何缺陷，而且他可是修女長的外甥。有那麼一瞬間，我真想轉過頭去，告訴她們別再取笑他了。

還好，我沒有這麼做。

難得有人讚美可憐的馬修……

我永遠不會忘記第一位有勇氣告訴我們馬修一定有問題的醫生。他是方丹教授，當時是在里爾，他告訴我們不要抱有幻想。馬修發展遲緩，他會永遠落後其他人，無論如何都無法改變，他的生理和心理都有障礙。

那天晚上，我們幾乎沒怎麼睡，我記得自己做了噩夢。

在此之前，所有的診斷都無法下定論。我們被告知馬修的發展遲緩只是身體上的，他沒有精神方面的問題。

許多親友努力安慰我們，但往往弄巧成拙。每次看到馬修，他們總表示很驚訝他又進步了。但我記得有一次我告訴他們說，我啊，我倒是很驚訝他沒有任何進步。我經常觀察別人的孩子，馬修相比之下四肢綿軟，連頭也無法抬起來，脖子就像是橡膠做的。當別人的孩子抬頭挺胸，理直氣壯要東西吃的時候，馬修卻只是躺著不動。他從不覺得餓，要餵他吃飯需要有天使般的耐心，而他經常把飯吐在天使身上。

如果說一個孩子的誕生是奇蹟，那麼一個殘障兒的誕生就是一場反奇蹟。

可憐的馬修看不清楚，骨骼脆弱，雙腳扭曲，沒多久便駝了背。他一頭亂髮，長得並不好看，而且總是苦瓜臉，很難逗他開心。他時常像誦經般不斷重複：「啊啦啦，馬修……啊啦啦，馬修……」有時，他會突然撕心裂肺地痛哭，像是因為無法向我們表達自己而承受極大的痛苦。我們一直覺得馬修很清楚自己的處境，他一定曾想過：「早知道是這樣，我寧願不要來到這世上。」

我們多希望能保護他對抗殘酷的命運，但最殘忍的是我們什麼也做不了。我們甚至無法安慰他，告訴他我們愛他，不論他是什麼樣子，因為醫生說他聽不見。

想到是我造就了他的人生，讓他在地球上過著生不如死的日子。是我讓他來到這世上，我真希望他能原諒我。

如何辨識一個不正常的孩子？
他看起來像是個模糊、不規則的形體，
如同透過一塊毛玻璃在看他。
但就算拿掉毛玻璃，
他也永遠無法變得清晰。

殘障兒的人生可不輕鬆，從一開始情況就不曾好過。

當他第一次睜開雙眼，看到的是兩張從搖籃上俯視他的驚恐臉龐。那是他的爸爸和媽媽，兩人心裡正想著：「這是我們造成的嗎？」他們看起來並不怎麼得意。

有時，他們會爭吵，把責任推給對方。他們會翻出祖宗十八代，試著找出那麼一位嗜酒成性的曾祖父或老叔舅。

有時，他們會離開對方。

馬修嘴裡經常發出「轟隆轟隆」的聲音，他把自己當成一輛汽車。最糟的是當他參加勒芒24小時耐力賽，他可以整晚奔馳不休，還是不裝消音器的那種。

我已經好幾次要他熄火，但沒用，他根本聽不進去。

我無法入睡，明天還得早起。有時，我腦海裡會冒出一些可怕的念頭——真想把他從窗戶丟出去，但問題是我們住在一樓，就算把他扔出去，我們還是會聽見他的聲音。

我只能安慰自己：正常孩子也會吵得父母睡不著覺。他們活該。

馬修無法挺直身體，他的肌肉缺乏張力，癱軟得像個布娃娃。他會變成什麼樣子？長大後會是什麼模樣？我們是不是得幫他裝上支架？

我想過也許他可以當修車工人，不過是個躺著的修車工，那種在沒有升降機的車廠裡躺在地上修理車底的工人。

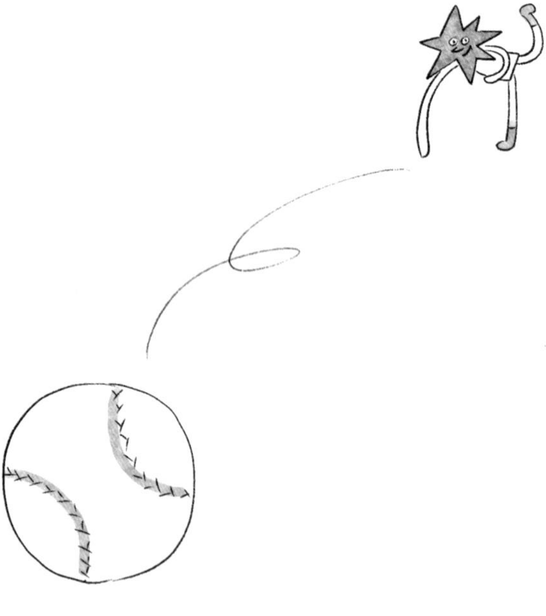

馬修的娛樂不多。他不看電視，他不需要電視讓自己變得弱智。當然，他也不看書。唯一能讓他稍微開心一點的是音樂。當聽到音樂時，他會跟著節奏敲打他的皮球，就像在打鼓一樣。

這顆皮球在馬修的生活中占據很重要的地位。他總是會把球扔到一個他很清楚自己無法拿回來的地方，然後來找我們，拉著我們的手，帶我們到他扔球的地方。我們把球撿回來，還給他。五分鐘後，他又來找我們，因為他又把球丟了出去。馬修能重複同樣的遊戲好幾十次，一整天樂此不疲。

這大概是他與我們建立聯繫的唯一方式，好讓我們能牽起他的手。

現在，馬修獨自離開去找他的皮球。他把球扔得太遠了，扔到一個我們再也無法幫他撿回來的地方……

夏天快到了，樹上開滿了花。我太太懷著我們的第二個孩子，人生真美好。杏桃成熟時孩子就會出生，我們迫不及待卻也帶著一絲不安。

我太太肯定很擔心，但為了不讓我焦慮，她不敢說出來。但是我，我敢。我無法獨自承受這些焦慮，我必須說出來。我終究沒能忍住。我記得我用一貫圓熟的方式對她說：「想像一下，如果這一胎也不正常。」

我這麼說不只是單純想潑冷水，而是想讓自己安心，也希望能夠驅除厄運。

不過，我確信這種事不會發生第二次。我知道「愛之深，責之切」，但我不認為老天有這麼愛我。我雖然有點自我膨脹，但還沒到那種程度。

馬修應該只是一場意外，而意外通常只會發生一次，理論上不會發生第二次。

人們說厄運總是降臨在疏於防備、掉以輕心的人身上，所以為了不讓厄運降臨，我們一直把它放在心上……

托馬剛剛出生，他可愛極了。金色的頭髮，黑色的眼睛，目光靈動，總是帶著微笑。我永遠不會忘記自己有多麼開心。

他非常完美，像件珍貴易碎的寶貝。他有一頭金髮，很像波提切利畫中的小天使。我總是忍不住把他抱入懷中，逗弄他，和他玩耍，逗他開心。

我記得自己曾對朋友說，這一次我終於體會到擁有一個正常孩子是什麼感覺。

我樂觀得太早了。托馬身體虛弱，經常生病，我們有好幾次都不得不把他送進醫院。

有一天，我們的家庭醫生終於鼓起勇氣說出真相：托馬和他哥哥一樣，是個殘障兒。

托馬是在馬修出生兩年後誕生的。

一切回歸常態，托馬會越來越像他哥哥。這是我的第二個末日。

老天對我太殘忍了。

若是想讓電視劇主角博取同情、賺人熱淚，就連ＴＦ１電視台[2]都不敢寫出這種劇情，因為太灑狗血，不但讓人覺得浮誇，甚至讓人覺得可笑。

老天給了我一個模範父親的角色，要我領銜演出。

我的外型適合這個角色嗎？

我會受人敬佩嗎？

我會讓人落淚，還是讓人捧腹？

「爸爸，我們去哪裡？」

「我們要去盧爾德[3]。」

托馬笑了起來，好像他聽懂了。

我祖母在一位慈善女士的幫助下，費心勸我帶兩個兒子去盧爾德，她願意支付旅費，希望會有奇蹟發生。

2 法國最受歡迎的本土電視頻道之一。著名電視節目包括《CSI犯罪現場》、《法國好聲音》和《怪醫豪斯》。作者藉此強調他的經歷太難以置信，就連擅長製作煽情戲的電視台為了追求戲劇效果，都不敢用的「灑狗血」劇情。

3 盧爾德（Lourdes）是法國西南部庇里牛斯山區小鎮。據說在一八五八年，聖母曾多次在此地一個洞穴顯靈，從此這裡便成為重要的天主教朝聖地，特別是以其湧出的泉水能夠治病聞名。

但盧爾德很遠，光是坐火車就要十二個小時，同時還得帶著兩個怎麼說都聽不懂的小鬼。祖母說：「回來的時候，他們就會變乖了。」

她不敢直接說「奇蹟顯現之後」。無論如何，不會有奇蹟發生。如果誠如人們所說，殘障兒是上天的懲罰，那我很難想像聖母瑪利亞會多管閒事，為此大顯神蹟。她肯定不願意干涉天意。

再說，那裡人潮擁擠，遊行隊伍絡繹不絕，天色一黑，他們有可能會走失，而我再也找不到他們。

或許這才算是奇蹟？

當你生下殘障兒，除了認命之外，還得忍受許多荒謬的言論。

有些人認為我們活該。曾有個好心人告訴我一個故事，關於一名年輕修士，他在即將被正式授任為神父時，認識了一個女孩，並深深愛上了她。於是，他還俗與女孩結婚，生下了一個孩子，結果是個殘障兒。活該！

還有些人說，生下殘障兒絕對不是偶然，「這都是你父親的緣故……」

昨晚，我夢見了我父親。我們在一家酒館裡，我把孩子介紹給他，他從未見過他們，因為他在孩子出生前就過世了。

「爸，你看。」

「他們是誰？」

「你的孫子啊，你覺得他們怎麼樣？」

「不怎麼樣。」

「還不是因為你。」

「你在胡說什麼？」

「都是因為比爾苦酒[4]，你很清楚只要有酗酒的父母……」

他轉過身去，又點了一杯苦酒。

有些人會說：「如果是我，我會在孩子出生時就會把他悶死，就像悶死貓一樣。」這些人想得太簡單了，誰都知道他們從來沒悶死過貓。

首先，一個剛出生的孩子除非身體畸形，否則很難知道他是不是有缺陷。我的兩個孩子剛出生時，和其他嬰兒幾乎沒有區別。他們像其他嬰兒一樣不會自己吃飯，不會說話、不會走路，偶爾會微笑，尤其是托馬，馬修就笑得比較少……

4 比爾苦酒，Byrrh，產於法國的苦艾酒品牌，是一種開胃酒。

生下殘障兒時，你不會第一時間就發現，他就像是個「驚喜」。

還有一些人會說：「殘障兒是上天的禮物。」而且他們這麼說不是在開玩笑。這些人通常自己並沒有殘障的孩子。

當收到這樣的禮物時，你會很想對老天說：「哎呀！不用這麼客氣……」

托馬出生時，收到了一份非常精美的禮物：一只銀製的小水杯、一面銀盤，還有一支銀製的嬰兒湯匙。湯匙柄上和盤子邊緣都刻有小扇貝的浮雕。這是他的教父送的，對方是一家銀行的總裁，也是我們的好朋友。

托馬長大後，我們很快就發現他有障礙，之後他就再也沒有收到教父的禮物了。

如果托馬是個正常的孩子，他後來肯定會收到更多珍貴的禮物：一支鍍金鋼筆、一支網球拍、一台相機……但是因為他不正常，所以就被剝奪了一切。我們不能責怪他的教父，畢竟這是人之常情，也許他曾心想：「老天沒有給予他任何恩賜，那我也沒有理由為他付出。」反正他收到禮物也不知道該如何使用。

我還留著那只銀盤，把它當作菸灰缸來用。托馬和馬修他們不抽菸，也不會抽菸，而是成天嗑藥。

我們每天都會餵他們鎮靜劑，讓他們保持安靜。

一位家有殘障兒的父親必須神情哀傷。他必須背負著十字架，臉上戴著痛苦的面具，絕對不能扮成小丑來逗人開心。他失去了笑的權利，如果笑了那成何體統？如果這位爸爸有兩個殘障兒，這種悲傷也得加倍，他必須看起來比別人痛苦兩倍。

倒霉的人看起來就必須有倒霉的樣子，表現出一副不幸的模樣，這才符合人之常情。

而我往往欠缺處世的智慧。我記得有天我要求與教養院的主任醫生見面，馬修和托馬就被安置在那裡。我向他表示自己很擔心：我有時覺得托馬和馬修說不定完全正常……

醫生不覺得這好笑。

他是對的，這並不好笑。他不明白，這是我堅持下去的唯一方法。

就像西哈諾・德貝傑拉克[5]選擇嘲笑自己的大鼻子一樣，我嘲笑自己的孩子，這是我身為父親的特權。

身為兩個殘障兒的父親，我曾受邀上電視分享我的經歷。我談到了我的孩子，強調他們經常做出蠢事來逗我笑，我們不應該剝奪殘障兒逗我們開心的可貴權利。

當普通孩子吃巧克力布丁弄得滿臉都是的時候，大家都會笑；但如果是殘障兒，大家卻不笑了。殘障的孩子永遠無法讓任何人笑，他永遠看不到別人看著他時的笑臉，最多也只是一些嘲笑他的蠢笑。

5 指法國一九九〇年上映的電影《大鼻子情聖》（Cyrano de Bergerac），男主角西哈諾・德貝傑拉克長相醜陋而且有個異於常人的大鼻子。

後來我看了節目播出，關於笑的部分全被剪了。製作單位認為必須考慮到家長的感受，這樣的內容可能會令他們感到不適。

托馬試著自己穿衣服。他已經穿上了襯衫，但不會扣釦子。他現在正在努力套上毛衣。他的毛衣上有個洞，但他偏要找麻煩——他決定從那個洞套進去，而不是像正常孩子一樣從領口鑽出去。這可不簡單，洞只有五公分，整個過程花了很長時間。托馬注意到我們在看他，開始笑了起來。每次嘗試他都把洞撐得更大，但他毫不氣餒，反而越來越起勁，因為我們笑得越來越開心。過了足足十分鐘，他終於成功了，那張燦爛的笑臉從毛衣的破洞探了出來。

表演結束，我們忍不住想為他鼓掌。

聖誕節快到了，我在玩具店裡，店員堅持要招呼我，但是我並沒有請他幫忙。

「是要買給幾歲的孩子呢？」

我沒多想就回答說：馬修十一歲，托馬九歲。

店員推薦科學類玩具給馬修。我記得其中有個是可以自己組裝收音機的套組，裡面附有電烙鐵和一堆電線。至於托馬，店員推薦了法國地圖拼圖，有所有省分和城市名字的碎片，需要將它們放到正確的位置。有一瞬間，我腦海中浮現出馬修親手組裝的收音機，還有托馬拼出的法國地圖：史特拉斯堡（Strasbourg）被擺在地中海沿岸；

布雷斯特（Brest）出現在奧弗涅地區（Auvergne），馬賽（Marseille）則跑到了阿登省（Ardennes）。

他還推薦了「小小化學家」，可以讓孩子在家裡做實驗，製造五顏六色的火焰和爆炸。那為什麼不來個「小小敢死隊」呢？配上一條炸藥腰帶，一勞永逸地解決煩惱……

我非常耐心聽完店員的介紹，向他道謝後做了決定。像往年一樣，我幫馬修選了一盒積木，給托馬買了幾輛小汽車。店員不太明白，但什麼也沒說，只是默默包好兩份禮物，看著我帶著禮物離開。走出店外時，我注意到他對同事做了個用手指了指額頭的手勢，像是在說：「這個人怪怪的……」

托馬和馬修從來不相信聖誕老人，也不相信小耶穌。他們有充分的理由。他們從未寫信給聖誕老人許願。他們也很清楚小耶穌不會送上禮物，就算他真的送禮，最好還是小心一點……

我們不需要對他們說謊，也不需要偷偷摸摸地去買積木或小汽車，更不需要假裝。我們家裡從沒有聖誕馬槽擺飾或聖誕樹。

沒有蠟燭，因為怕引發火災。

也沒有孩子驚喜的眼神。

聖誕節對我們來說只是尋常的一天；聖嬰還沒有誕生。

現在，有許多措施幫助殘障人士融入就業市場，雇用他們的企業可以獲得稅收優惠和費用減免。這很值得鼓勵！我知道外省有家餐廳，專門聘用輕度智能障礙的年輕人擔任服務生。他們惹人憐愛，總是懷著無限熱忱來服務你，但是請注意，千萬別點有醬汁的菜餚，否則最好穿上雨衣。

我忍不住開始想像馬修和托馬工作的畫面。

總是發出「轟隆轟隆」聲的馬修，或許可以去當貨車司機，駕駛好幾噸重的半掛卡車，飆速橫越整個歐洲，擋風玻璃上還擺滿了小熊公仔。

喜歡玩小飛機並把它們整齊收進盒裡的托馬，或許可以當個航管人員，負責指揮大型客機降落。「尚路易，你這個做爸爸的，居然嘲笑兩個連自己都保護不了的孩子，你不覺得羞恥嗎？」

不覺得，這並不影響我對他們的感情。

有段時間，家裡請了一位全職保姆來照顧孩子。她名叫裘潔，來自法國北部，一頭金髮，膚色紅潤，模樣淳樸像個農婦。她曾在里爾郊區的望族家裡工作。她要求我們購買搖鈴來呼喚她。我記得她還詢問過家中的銀器放在哪裡，因為在前任雇主家中，她習慣每週擦拭一次銀器。我太太告訴她銀器都放在鄉下家裡，但後來裘潔真的去了鄉下……

裘潔對孩子們非常好，十分通情達理。她對待他們就像對待正常孩子一樣，不縱容，也不過分溺愛，懂得適時嚴厲管教。我想她真的很愛他們。

當孩子們調皮搗蛋時，我常聽到她對他們說：「你們腦子裡裝的是稻草嗎？」這恐怕是唯一中肯的診斷。裘潔說得沒錯，他們的腦子裡肯定裝的是稻草，甚至連醫生都沒看出來。

我們的家庭相簿扁平得像條比目魚，沒有太多孩子們的照片，也不太想拿出來給人看。一個正常的孩子，人們會捕捉他的每個細節、每個姿勢，拍下他在各種場合的照片。我們看著他吹熄第一根蠟燭、邁出人生的第一步、第一次洗澡。我們會充滿愛意地凝視他，捕捉他成長的點滴。但是面對殘障兒，沒人會想要記錄他如何每況愈下。

在翻看馬修為數不多的照片時，我承認他長得並不好看，從照片裡就能看出他不一樣，但是我們做父母的當時卻沒發現，甚至覺得他實在太可愛了，畢竟他是我們的第一個孩子。無論如何，人們總是把「這孩子真漂亮」掛在嘴上，因為寶寶沒有醜陋的權利，至少我們無權這麼說。

托馬有張照片我特別喜歡。當時他大概三歲，我把他放在一個大壁爐裡。他坐在壁爐裡的小椅子上，四周是柴架和灰燼。那是火焰升起的地方，但是惡魔沒有出現，取而代之的是一位微笑的天使寶寶。

今年，有朋友寄來一張全家福當作新年賀卡。照片裡每個人都好幸福，一家人開心笑著。對我們來說，要拍出這樣的照片相當困難。首先，我們得讓托馬和馬修配合著笑出來，而我們做父母的也不是總有心情笑得出來。

再說，我無法想像「新年快樂」的花體燙金字樣就懸在我兩個孩子頭髮蓬亂又邋遢的小腦袋上。這樣的畫面與其說是一張賀卡，倒更像是雷澤為畫刊《切腹》[6]繪製的封面。

6 雷澤（Jean-Marc Reiser, 1941-1983）是法國插畫家，他在畫刊《切腹》（Hara-Kiri）封面展現出諷刺和幽默感，作者藉此表達自己難以將傳統溫馨的意象與自己孩子的特殊情況聯繫起來的感受。

有天，我看到裘潔正在用通便器通水槽，於是我對她說我打算再買一個。她問我：

「為什麼要兩個呢，先生？一個就夠了。」

「別忘了我有兩個孩子，裘潔。」我回答她。

她沒聽懂，我解釋說帶馬修和托馬出去散步時，如果他們需要穿越小溪，通便器就派上用場了。我們把通便器固定在孩子頭上，然後抓起手柄把他們提起來，直接拎過小溪，他們的腳就不會弄濕，這比抱著他們輕鬆多了。

她嚇壞了。

從那天之後，我就沒看到通便器，應該是被裘潔藏了起來。

馬修和托馬睡著了，我看著他們。

他們做了什麼夢呢？

他們的夢和別人的一樣嗎？

也許在夜裡，他們夢見自己變聰明了。

也許在夜裡，他們逆轉命運，夢見自己是天才。

也許在夜裡，他們成了名校學生、傑出的研究員，而且有所發現。

也許在夜裡，他們發現了新的定律、原則、假設、定理。

也許在夜裡，他們正進行著無窮無盡的高深計算。

也許在夜裡，他們能用希臘文和拉丁文交談。

但是一到天亮，為了不讓別人察覺，為了享受平靜，他們又會重拾殘障兒的模樣。為了不被打擾，他們假裝自己不會說話。每次有人跟他們說話，他們會裝作聽不懂，這樣就不必回答。他們不想上學，不想寫作業，不想背課文。

我們應該理解他們，畢竟他們整晚都在認真思索，到了白天應該放鬆一下吧，所以他們才會做這些蠢事。

Revera Omnia Simulo.
Ἀληθῶς πάντα προσποιοῦμαι.

我們唯一做對的事，就是取對了你們的名字。我們選擇了馬修和托馬，既優雅又體面，而且還帶了一點宗教色彩。畢竟世事難料，最好還是跟所有人都打好關係。

但如果以為這樣能獲得上天的眷顧，那就大錯特錯了。

我想起你們小小的身軀，顯然你們不適合叫做泰山……我無法想像你們在叢林的樹枝之間飛躍，挑戰嗜血的野獸，然後憑著驚人的臂力掰開獅子的下顎，或是扭斷野牛的脖子。

你們比較像《叢林之恥》的泰囧[7]。

7 泰囧（Tarzoon），一九七五年法國動畫電影《叢林之恥》（Tarzoon, la honte de la jungle）的主角名字，這部電影是對泰山形象的諷刺與戲謔。

但是你們知道嗎？比起傲慢的泰山，我更喜歡你們。你們更令人心疼，我可愛的小小鳥啊，你們讓我想起了E.T.。

托馬戴著眼鏡，小小的紅色眼鏡，非常適合他。配上吊帶褲，他看起來就像個美國學生，很迷人。

我不記得是怎麼發現他視力不好的了。現在，他有了眼鏡，眼前看到的一切應該都很清晰，像是史努比、他畫的畫……我曾經非常天真地以為他終於會看書了。我甚至開始計畫先買漫畫給他，然後是「指標」[8]系列叢書，接著是大仲馬、凡爾納[9]、《大莫爾納》[10]，說

8 「指標」（Signe de piste）系列，一九三七年出版，與友誼主題相關的法國青少年小說。
9 凡爾納（Jules Verne, 1828-1905），法國小說家，著名作品有《環遊世界八十天》等。
10 法國作家亞蘭・傅尼葉（Alain Fournier, 1886-1914）的名作，二〇二一年在台灣出版，名為《美麗的約定》（時報）。

不定之後他還會讀普魯斯特呢？

不，他永遠無法閱讀。即使書頁上的字母變清晰了，他腦海中的一切依舊模糊。他永遠無法理解，紙上那些像蒼蠅腳般密密麻麻的符號在向我們訴說故事，並有能力帶領我們前往另一個世界。他面對這些文字，就像我看著古埃及象形文字一樣。

他可能以為那只是圖畫，一些毫無意義的小塗鴉。或者他覺得它們是一排排的螞蟻。他看著它們，納悶為什麼當他伸出手想碾壓時，它們竟然不會逃跑。

為了博取路人的憐憫，乞討的人會展示自己的悲慘處境：他們的跛腳、殘肢、老狗、瘦貓和他們的孩子。我也可以像他們一樣。我有兩件完美的道具可以博取同情，只要給兩個兒子穿上那件破舊的海軍藍小外套。我可以和他們一起坐在紙板上，擺出一副哀傷的模樣。我還可以準備一台音樂播放器，播放動人的旋律，馬修會隨著節奏拍打他的皮球。

我一直很想當個舞台劇演員，我可以朗誦維尼（Vigny）的《狼之死》（La Mort du Loup），而托馬則在一旁表演哭泣的狼，一邊唱著：「小狼哭了……」

這場表演也許會讓路人深受感動，留下深刻印象。他們會掏錢打賞，讓我們去喝一杯比爾苦酒，為孩子的祖父乾杯。

我做了一件衝動的事，我剛買了一輛賓利。一輛老爺車，馬克六代，二十二匹馬力，百公里油耗二十公升。車身為海軍藍和黑色，內裝是紅色皮革。儀表板採杜松根瘤木打造，上面有許多圓形儀表，還有像刻面寶石般發亮的指示燈。它美得就像是一輛皇室座車。當車停下來的時候，你會以為是英國女王要下車。

我開車接托馬和馬修從教養院返家。

他們被我安頓在後座上，像是兩個王子。

我對這輛車感到驕傲，所有人都給予充滿敬意的注目禮，努力想看出後座上坐著哪位名人。

如果他們知道後座是誰，肯定會大失所望。車上坐著的不是英國女王，而是兩個流口水的邋遢小鬼。其中的那位「天才」不停重複：「爸爸，我們去哪裡？爸爸，我們去哪裡？……」

我記得有一次在路上，我忍不住像個剛接國中孩子下課的父親那樣說話，隨口問了他們的功課：「馬修，你那份蒙田的作業寫得怎麼樣了？你的作文拿了幾分？托馬你呢，你的拉丁文翻譯錯幾個？三角函數學得怎麼樣？」

我一邊談論他們的功課，一邊看著後視鏡裡他們頭髮蓬亂的小腦袋和茫然的眼神。也許我在期待他們會認真地回答我，期待這場殘障兒的鬧劇終於告一段落，期待他們告訴我說：「這個遊戲不好玩，我們要當回正常人，像大家一樣。」期待他們終於能和其他孩子一樣……

我等了好一會兒他們才回答。

托馬仍然一遍又一遍地問：「爸爸，我們去哪裡？爸爸，我們去哪裡？」馬修則在一旁發出「轟隆轟隆」的聲音……

這不是遊戲。

托馬和馬修漸漸長大，一個十一歲，一個十三歲。我想到有一天他們也會長鬍子，到時候得幫他們刮鬍子。有一瞬間，我想像著他們留鬍子的模樣。

我想到等他們長大，我要送他們一人一把傳統刮鬍刀，然後把他們關進浴室，讓他們自己摸索如何使用刮刀。等到浴室沒有一點聲音的時候，我們再拿著拖把進去把浴室清理乾淨。

我把這個想法講給太太聽，想逗她笑。

每個週末，托馬和馬修從教養院返家時，身上總滿布著擦傷和抓痕，大概他們每天都像街友一樣在幹架。

或者，我腦補了一個場景：那所在鄉間的教養院自從鬥雞被禁之後，機構的教養員為了找樂子和賺外快，索性開始舉辦兒童格鬥賽。

從傷口的深度來看，幾乎可以確定他們在孩子的手指上裝了金屬刺，這真的不太好。

我得寫信給機構的負責人，要求他們停止這種行為。

托馬不用再嫉妒哥哥了，因為他也要穿上矯正背心，一具嚇人的矯正支架，由鍍鉻金屬和皮革製成。托馬的軀幹漸漸無力，像哥哥一樣開始駝背。再過不久，他們就會像是一輩子在田裡彎腰撿甜菜的小老頭。

這些背心價格昂貴，完全手工製作，來自巴黎拉莫特－皮凱（La Motte-Picquet）附近的一家專門工坊——勒普雷特之家。每年，我們都得帶他們回去重新丈量尺寸，訂製新的背心，因為他們還在長大。他們總是乖乖地配合店家。

當他們穿上背心時，模樣就像穿著胸甲的羅馬戰士，或是科幻漫畫裡的人物，因為那些鉻金屬閃閃發亮。

當我們把他們抱在懷裡時，感覺就像抱著一具機器人，一個鐵製的娃娃。每天晚上，我們都要使用活動扳手才能脫下他們的背心。卸下胸甲時，可以看到他們裸露的胸膛有紫色的痕跡，那是金屬支架勒出的印記。此時在我們眼前的，是兩隻顫抖的光禿雛鳥。

我為電視台製作過幾檔關於殘障兒的節目。我還記得第一檔節目的開場，我剪入了一些寶寶選美大賽的資料畫面，配樂選用了安德烈·達薩里（André Dassary）演唱的歌曲：「讓我們歌詠青春，擺脫名利束縛，奮勇飛向勝利……」

我對這種寶寶選美大賽一直有種奇怪的看法。

我始終不明白，為什麼人們要恭賀和獎勵那些擁有漂亮孩子的父母，好像這是他們的功勞。那麼，為什麼不懲罰那些有殘障孩子的父母並處以他們罰款呢？

我還記得那些傲慢自信的媽媽，她們在評審面前高舉自己的傑作，我真希望她們失手讓小孩跌落。

我比平時早回到公寓。裘潔獨自站在孩子們的房間裡，兩張床都是空的，窗戶大開著。我探出身子往下看，隱隱感到不安。

我們住在十五樓。

孩子在哪裡？為什麼聽不到他們的聲音？裘潔是不是把他們從窗戶扔了出去？她可能忽然精神錯亂，我們偶爾會在報紙上看到這樣的新聞……

我認真地問她：「裘潔，你為什麼把孩子從窗戶丟出去？」我這麼說只是開玩笑，好趕走這個想法。

她沒有回答，整個人愣住了，不明白我的意思。

我面不改色繼續說：「裘潔，你這樣做很不好。我知道他們是殘障兒，但也不能這樣就把他們丟下去吧。」

裘潔驚恐地看著我，一句話也沒說，我想她應該很怕我。她轉身走進我們的房間，然後抱著孩子們回來，把他們放在我面前。

他們沒事。

裘潔非常激動，她一定在想：「難怪先生的孩子也有點瘋瘋癲癲的……」

馬修和托馬永遠不會認識巴赫、舒伯特、布拉姆斯、蕭邦……

他們永遠無法體會這些音樂的美好。在憂鬱的清晨，當心情灰暗或暖氣壞了的時候，這些旋律能幫助我們堅持下去。他們永遠不會感受到莫札特慢板樂章所帶來的悸動，也無法從貝多芬咆哮的音符與李斯特奔放的旋律中獲得力量。他們不會理解華格納如何讓人想要起身征服波蘭，也無法從巴哈的舞曲中受到激勵，或在舒伯特憂傷的歌曲中流下熱淚……

我本來很想帶他們去試聽高傳真音響，幫他們買一套音響設備，建立他們人生中的第一個音樂收藏，送他們入門的唱片……

我本來很想和他們一起欣賞音樂，一起玩「唱片論壇」的遊戲，討論不同版本的詮釋，爭論誰的版本最好……

讓他們隨著米開蘭傑里[11]、顧爾德[12]、阿勞[13]的琴聲顫動，沉醉在曼紐因[14]、歐伊斯特拉赫[15]、米爾斯坦[16]的小提琴旋律中……

讓他們領略天堂的模樣。

秋天到了，我開著賓利駛過貢比涅森林，托馬和馬修坐在後座。眼前的風景美得無法言喻，森林著火般染上秋色，像華鐸[17]的畫作一樣美麗，而我甚至無法對他們說：「你們看，好漂亮啊。」因為托馬和馬修根本不看風景，他們毫不在乎。我們永遠無法一起欣賞任

11 米開藍傑里（Arturo Benedetti Michelangeli, 1920–1995），義大利鋼琴家。
12 顧爾德（Glenn Gould, 1932–1982），加拿大鋼琴家。
13 阿勞（Claudio Arrau, 1903–1991），智利鋼琴家。
14 曼紐因（Yehudi Menuhin, 1916–1999），美國小提琴家。
15 歐伊斯特拉赫（David Oistrakh, 1908–1974），蘇聯小提琴家。
16 米爾斯坦（Nathan Milstein, 1903–1992），俄羅斯小提琴家。
17 華鐸（Jean-Antoine Watteau, 1684-1721），法國洛可可時代的重要畫家。

何事物。

他們永遠不會知道華鐸是誰，他們永遠不會走進美術館。這些幫助人類獲得精神慰藉的美好事物，他們無福消受。

不過他們還有薯條。他們熱愛薯條，尤其是托馬，他會說「堵條」。

當我獨自開車載著托馬和馬修時，有時腦子裡會冒出一些奇怪的想法。我要去買兩瓶東西，一罐丁烷瓦斯，一瓶威士忌，然後把它們用光喝光。

我在想，如果我出了一場嚴重車禍也許更好，尤其是對我太太來說。因為我變得越來越難相處，而孩子們越長越大也越難照顧。於是我閉上眼睛，加速前進，並盡可能延長自己閉眼的時間。

我永遠不會忘記那位天才醫生，他在我太太懷第三胎時負責看診。我們當時考慮要把孩子拿掉，他告訴我們說：「我就直截了當告訴你們，你們的處境很艱難，家裡已經有兩個殘障兒，即使再多一個，對你們來說真的會有很大的差別嗎？但是想像一下，如果這次你們生下的是一個正常的小孩，那麼一切都會改觀。你們會走出挫折，這會是你們改變人生的機會。」

我們的機會名叫瑪麗，她正常而且非常漂亮。

這是當然的，畢竟我們之前已經打了兩次草稿。醫生知道我們之前的經歷之後，感到放心。

但就在瑪麗出生兩天後，一位兒科醫生來家裡檢查，他仔細觀察她的腳，然後大聲說：

「她看起來好像有內翻足……」

過了一會兒，他又補了一句：「不是，是我弄錯了。」他肯定是在開我們玩笑。

我的女兒長大了，成了我們最大的驕傲。她聰明又漂亮，是我們對命運最痛快的一次逆襲，直到有一天……

搞笑到此為止，這是另一個故事了。

孩子的母親被我逼到了極限，終於受不了，離開了我。她到別的地方開心去了。我活該，這是我自找的。

我現在孤單一個，感到茫然。

真想重回美好的青春時光。

我構思了一則徵婚啟事：

「四十歲男人，有三個孩子，其中兩個是殘障兒，尋找有教養、漂亮、有幽默感的年輕女性。」

對方可得有過人的幽默感，尤其是黑色幽默。我認識了幾位有點傻的可愛女孩。我小心翼翼避談我的小孩，否則她們肯定立刻閃人。

我還記得有個金髮女孩，她知道我有孩子，但不知道他們的情況。我彷彿還能聽見她對我說：「什麼時候才要介紹你的小孩給我認識？感覺你好像不願意，你是不是嫌棄我啊？」

在安置托馬和馬修的教養院裡，有幾位年輕的女教養員，其中有個高䠷的棕髮正妹。她顯然是個理想對象，因為她瞭解我的孩子，甚至知道他們的使用說明。

但是好事多磨，她可能想說：「平日照顧殘障兒沒問題，這是我的工作，但如果週末還得面對他們……」也或許我不是她的菜，她可能心想：「這傢伙專生殘障兒，說不定以後會讓我生出另一個。所以，謝謝不用了！」

然後，有一天，像童話故事一樣，有個迷人、有教養、有幽默感的女孩，她願意瞭解我還有我的兩個小鬼頭。我們很幸運，她留下來了。多虧了她，托馬才學會拉開和拉上拉鍊，但時間沒有持續太久，隔天他就忘得一乾二淨，我們又得從頭教起。

和我的孩子在一起，永遠不用擔心變不出新把戲，因為他們什麼都記不住。跟他們在一起，沒有厭倦，沒有習慣，沒有無聊。這個世界永不過時，一切都是新的。

我的小小鳥啊，想到你們永遠無法體會那些構成我生命中非凡時刻的事物，就感到非常難過。

這些非凡的瞬間，是當世界縮小成只剩下一個人；當我們只為他存在，也因為他而存在；聽見他的腳步聲、說話聲，我們便顫抖；當我們一看見他便手足無措；當我們害怕抱得太緊會弄壞他；當我們親吻他便如烈火燃燒，整個世界變得模糊。

你們永遠不會體會從腳底竄上頭頂的那種顫慄，它會徹底顛覆你的內心世界，比搬家、比觸電、比處決都還糟糕。它讓你心慌意亂，讓你天旋地轉，把你捲入漩渦，完全失去理智，渾身起雞皮疙瘩。它讓你無法平靜、臉頰發燙；讓你滿臉通紅，讓你咆哮，讓你毛髮直豎，讓你結巴，讓你語無倫次，讓你又哭又笑。

因為，很遺憾，我的小小鳥啊，你們永遠不會知道如何用第一人稱單數和現在式來變位「愛」（aimer）這個第一類動詞。

有人在街上請我為殘障兒捐款，我拒絕了。

我不敢說家裡有兩個殘障兒，因為他們可能會以為我在開玩笑。

我一派輕鬆帶著微笑，很得意地說：「殘障兒嗎？我已經捐過了。」

我剛剛虛構了一種鳥，我叫牠「拒飛鳥」，是很稀有的一種鳥。牠跟其他的鳥不一樣，有懼高症，這對鳥類來說非常不幸。但是牠很樂觀，沒有因此自怨自艾，反而拿它來開玩笑。

每次有人叫牠飛，牠總能找到有趣的理由加以拒絕，而且還能逗得大家哈哈大笑。牠甚至很有種，敢嘲笑那些會飛的鳥，那些正常的鳥。

就像托馬和馬修嘲笑街上遇到的正常孩子一樣。

這個世界是顛倒的。

下雨了，裘潔提前結束散步，帶著孩子們回家。她正在餵馬修吃飯。

我沒看到托馬。我走出房間，來到走廊，衣帽架上掛著托馬的連身睡衣，它還鼓鼓的，保有身體的形狀。我板著臉回到房間。

「裘潔，你為什麼把托馬掛在衣帽架上？」

她一臉疑惑地看著我。

我繼續開玩笑：「不能因為他是殘障兒就把他掛在衣帽架上。」

裘潔面不改色，淡定回答我說：「我只是晾一下而已，先生，他濕透了。」

我的孩子感情豐富。每次到商店裡，托馬都想親吻所有人——年輕人、老人、有錢人、窮人、工人、貴族、白人、黑人，全都一視同仁。

每次看到有個十二歲的孩子突然衝過來要親他們，大家難免有些尷尬。有些人退避三舍，有些人則選擇遷就，然後拿出手帕擦擦臉說：「他真是個可愛的孩子！」

他們的確很可愛。他們看不到任何邪惡，純真如赤子。他們來自原罪出現之前的世界。那時候所有人都是好人，大自然溫柔仁慈，所有的菇菌都能食用，甚至連老虎都能放心撫摸。

當他們去動物園時，他們想親吻老虎。當他們去拉貓的尾巴時，說也奇怪，貓從來不會抓他們。貓的心裡可能在想：「他們是殘障人士，不要太計較，他們的腦袋不太靈光……」

如果托馬和馬修去拉老虎的尾巴，牠會不會也這麼想呢？

我打算試試看，不過我會先跟老虎打聲招呼。

當和兩個兒子散步時，我覺得自己像是牽著兩個木偶或是兩個布娃娃。他們很輕，骨架小又脆弱。他們不長高，也不長肉。十四歲的男孩，看起來卻像是七歲的孩子，像是兩個小精靈。他們不會說法語，而是說精靈語，或者也可以說他們在喵喵叫、咆哮、汪汪叫、啾啾叫、咯咯叫、嘰喳叫、吱吱叫，發出刺耳的嘎吱聲。我不是每次都能明白他們的意思。

我的小精靈們腦子裡裝了什麼？裡面可沒有鉛塊，除了稻草，應該也沒別的東西，頂多是一顆鳥的腦子，或是一些五花八門的物件，像是礦石收音機或報廢的老舊收音機，還有幾根焊接不良的電線，一枚電晶體，一顆閃爍的故障燈泡，以及幾個不斷重複放送的預錄詞語。

有這樣的腦袋，難怪他們的表現不太好，永遠進不了高等理工學院。好可惜啊，我原本可以當個驕傲的父親，畢竟我的數學成績一直很爛。

那一天，我驚喜發現馬修全神貫注在看書，我非常激動地向他走去。

才發現他把書拿反了。

我一直很喜歡《切腹》雜誌。有段時間，我甚至想為他們設計一個封面。我想向就讀理工學院的弟弟借禮服和雙角帽，幫馬修穿上後拍下照片。我連標題都想好了：「今年，綜合理工學院的第一名是個男生[18]。」

對不起，馬修。如果我有這些荒唐的念頭，那也不是我的錯。我並不是想嘲笑你，也許我只是想嘲笑我自己，證明我還有能力對自己的不幸一笑置之。

18 作者註：作者出版此書的前一年，綜合理工學院第一名首次由女生拿下，她名叫安妮・蕭皮內（Anne Chopinet）。

馬修的駝背越來越嚴重。物理治療、金屬支架，都無濟於事。他十五歲，身形卻像個一輩子在田裡翻土的老農夫。當我們外出散步時，他只能看到自己的腳，連天空都看不到。

有一次，我想到可以在他的鞋尖裝上小鏡子，就像後視鏡一樣，讓他可以看到天空的倒影……

他的脊椎側彎越來越嚴重，很快就會影響他正常呼吸，脊椎手術勢在必行。

手術做了，他完全挺直了。

三天後，他直挺挺地過世了。

這場本該讓他可以看見天空的手術終究是成功了。

我的小男孩很可愛，總是笑咪咪的。他有一雙又黑又亮的小眼睛，像老鼠一樣。我常害怕會弄丟他，因為他只有兩公分高而已，可是他已經十歲了。

他出生時，我們很驚訝，有點擔心。醫生立刻安慰我們說：「他完全正常，不用著急，他只是發育慢了一點，他會長大的。」我們耐心等著，等到心急如焚，卻看不到他長大。

十年過去了，他一歲時我們在踢腳板上刻下的身高記號都還適用。

沒有一所學校願意收留他，理由是他和其他孩子不一樣。我們只能把他留在家裡，同時還得請人來家裡照顧他。要找到願意接受這份工作的人非常困難，因為這需要承擔很多麻煩和責任。他太小了，我們很擔心弄丟他。

尤其是他還特別調皮，喜歡躲起來，就算聽見喊他的名字也不回應。我們整天找他，過程得翻遍所有衣服口袋，翻找每個抽屜，打開所有的盒子。上次，他居然躲在一個火柴盒裡。

幫他洗澡是很麻煩的一件事，我們總是擔心他會溺死在臉盆裡，或是從洗手台的排水口溜走。但最難的，還是幫他剪指甲。

要量他的體重，我們得去郵局把他放在郵件秤上。

最近，他牙齒很痛，但沒有牙醫願意治療他，我只好帶他去找鐘錶師傅。

每次親戚朋友見到他都會說：「長這麼大了。」我才不相信，我知道他們這麼說是為了安慰我們。

直到有一天，一位比其他人勇敢的醫生告訴我們，他永遠不會長大。我們深受打擊。

但漸漸地，我們習慣了，甚至發現了一些好處。

我們可以把他帶在身上，他總是在我們手邊，不占地方，隨手就能將他放進口袋。他坐車不用買票，最重要的是他很黏人，喜歡在我們頭上翻找蝨子。

有一天，我們弄丟了他。

我整晚翻開落葉一片一片尋找。

那是秋天。

那是一場夢。

不要以為殘障兒的死就比較不讓人傷心，它和正常孩子的死一樣令人心碎。

對於從未感受過幸福的孩子來說，死亡何等殘酷；他短暫來到這個世界只是為了受苦。

對於這樣的孩子，我們很難想起他微笑的模樣。

據說有一天我們三個會再相見。

我們會認出彼此嗎？你們會是什麼樣子呢？你們會穿什麼衣服？我總是習慣你們穿吊帶褲，也許到時候你們會穿著三件式西裝，或者像天使一樣穿著白袍？也許你們長了鬍子或留了鬍鬚，讓自己看起來更穩重？你們會變嗎？你們會長大嗎？

你們還會認出我嗎？我到時候的狀態恐怕會非常糟糕。

我不敢問你們是否還是殘障……天堂裡也有殘障人士嗎？還是你們會變得和其他人一樣？

我們終於能像男人對男人那樣說話了嗎？說些真正要緊的事，

那些我在人間無法告訴你們的事，因為你們不懂法語，而我也不會說精靈語。

在天堂，我們或許終於能夠理解彼此。還有最重要的，我們會見到你們的祖父。我從未向你們提起過他，你們也從未見過他。你們等著看吧，他可是個很絕的老頭，保證會逗得你們開心大笑。

他會開著他的雪鐵龍老爺車帶我們兜風，他會要你們喝酒；天堂裡應該是喝蜂蜜酒。

他會開得很快，非常快，快得過火。我們不怕。

沒什麼好怕的，我們已經死了。

我們一度擔心托馬會因為哥哥走了而難過。剛開始，他會打開櫃子和抽屜尋找哥哥。但沒多久，他就開始重拾日常的各種活動，繼續畫畫，照顧史努比。托馬喜歡畫圖和著色。他的風格偏向抽象派，沒有經歷過寫實階段，直接跳到了抽象藝術。他的創作量很大，但完成後從不塗改。他會創作一系列作品，作品題名總是固定不變，有「給爸爸」的畫，有「給媽媽」的畫，還有「給妹妹瑪麗」的畫。

他的風格變化不大，始終很接近波洛克[19]。他的用色鮮豔大膽，

19 波洛克（Jackson Pollock, 1912-1956），美國二十世紀最具影響力的畫家，他是抽象表現主義（紐約畫派）藝術運動的主要力量。

畫作尺寸也保持一致。在創作熱情的驅使下，他經常會畫到紙外，直接在桌上繼續作畫，就畫在木頭上。

作品完成後，他會分送出去。當我們告訴他畫得真好時，他看起來很開心。

我偶爾會收到孩子們從度假營寄來的明信片，上面通常是海上金黃的日落或閃閃發光的山脈，背面寫著：「親愛的爸爸，我很開心，玩得很愉快。我想你。」後面署名「托馬」。

字跡漂亮、端正，沒有拼寫錯誤，輔導員很用心代筆。她想讓我高興，我能理解她的好意。

但我反而覺得失望。

我更喜歡托馬畫的那些凌亂、難以辨認的塗鴉。也許透過那些抽象畫，他能告訴我更多的東西。

有一天，皮耶・德普治[20]陪我一起去教養院接托馬。他本來不太想去，但我很堅持。

他像所有第一次來到這裡的人一樣，被一群步態蹣跚、流著口水，同時模樣並不討喜的孩子們包圍，大家爭相親吻他。皮耶向來不太喜歡人群，面對粉絲的熱情表現也經常保持距離，但他這次卻欣然接受了。

這次來訪讓他深受震撼，他下次還想再來。他對這個怪誕的世

20 皮耶・德普治（Pierre Desproges, 1939-1988），法國幽默作家。

界感到著迷：二十歲的大孩子們熱情親吻手中的玩具熊，還會主動來牽你的手，或是拿著剪刀威脅要把你劈成兩半。

他崇尚荒誕，在這裡他遇見了真正的高手。

當我想起馬修和托馬時，我看到的是兩隻羽毛凌亂的小鳥。不是老鷹，也不是孔雀，而是平凡的鳥，像麻雀那樣。

他們從海軍藍短外套裡露出的，是兩條像金絲雀般細瘦的腿。我記得每次幫他們洗澡時，他們那透明泛紫的皮膚，就像是羽毛還沒長出來的雛鳥，還有他們突出的胸骨，乾癟的排骨胸。他們的腦袋也是鳥的腦袋。

他們只差一雙翅膀。

可惜了。

他們原本可以飛離這個不屬於他們的世界。

他們原本可以早早離去，展翅高飛。

直到今天，我都沒和別人談起我的兩個兒子。為什麼？是因為覺得丟臉？還是害怕別人同情我？

也許兩者都有一點吧。但我想最主要的原因是為了逃避那個讓人無法招架的問題：「他們現在在做什麼？」

我大可以編個故事……

「托馬在美國的麻省理工學院，正在攻讀粒子加速器的相關學位。他很開心，課業很順利。他還認識了一位美國女孩，叫瑪麗蓮，她非常漂亮。他應該會在美國定居。」

「你們分隔兩地不會太辛苦嗎？」

「美國又不是世界的盡頭，重要的是他開心就好。我們經常聯絡，他每個星期都會打電話給他媽媽。至於馬修，他在雪梨一家建築師事務所實習，倒是有一陣子沒有他的消息了……」

我也可以選擇實話實說。

「你真的想知道他們在做什麼嗎？馬修什麼都做不了，他已經不在了。你不曉得嗎？不用道歉，殘障兒的離世往往沒人在意，人們只會說這是解脫……」

「托馬還在，他在教養院的走廊裡流連忘返，懷裡緊抱著一隻被咬爛的舊公仔。他會對著自己的手說話，發出奇怪的叫聲。」

「可是他現在應該長大了吧，他幾歲了？」

「沒有，他沒有長大，也許可以說老了，但沒有長大。他永遠不會長大，腦袋裡裝著稻草的人永遠不會長大。」

小時候，我總是會做些搞怪的事情來引起注意。六歲那年，每逢有市集的日子，我都會從魚販的攤子偷走一條鮭魚。那時我的拿手好戲就是追著女孩，用偷來的魚蹭她們光溜溜的腿。

上了初中，為了訴諸浪漫，為了模仿拜倫[21]，我選擇打領巾而不是打領帶；為了顛覆傳統，我曾把聖母像放進廁所裡。

每次進店試衣服，只要店員跟我說：「這件很受歡迎，我昨天就賣了十幾件。」我就不會買。我不想和別人一樣。

21 拜倫（George Gordon Byron,1788-1824），英國詩人。

後來我進電視台上班，負責一些簡單的拍攝工作，我總是會試著找出一個別出心裁的角度來擺放攝影機，但效果並非每次都盡如人意。

我曾經為電視台拍攝過畫家愛德華．皮尼翁[22]的紀錄片，我記得裡面提到了一個小故事。當時皮尼翁正在畫橄欖樹幹，有個小朋友經過，看了看他的畫之後對他說：「你畫的東西什麼都不像。」皮尼翁受寵若驚，對小朋友說：「你剛才的那句話是給我最棒的讚美，因為世界上最難的，就是畫出一幅不像任何東西的畫。」

我的兩個孩子也不像其他人，所以身為一個總想要標新立異的人，我應該要感到滿足。

每個時代、每座城市、每所學校，無論今昔，總有個目光呆滯的學生坐在教室的最後一排，通常是在暖氣旁邊的位置。每當他站起來開口回答問題的時候，大家都知道這會是一場笑話。他總是會亂掰一通，因為他沒聽懂，也永遠不會聽懂。老師有時很殘忍，堅持追問下去，為的只是逗大家開心，炒熱氣氛，順便提高自己的人氣。

這名目光呆滯的孩子站在笑彎腰的同學中間，他不是要逗大家開心，他不是故意的，這非他所願。他多希望自己不要鬧笑話，他多

22 愛德華・皮尼翁（Édouard Pignon, 1905-1993），法國畫家。

希望自己能聽明白。他非常用功，但不管怎麼努力，他還是說了傻話，因為他就是聽不懂。

小時候，我也是第一個嘲笑他的人；現在，我很同情這位目光呆滯的小學生。我想起我的孩子。幸好，沒有人會在學校嘲笑他們，因為他們永遠不會去上學。

我不喜歡「殘障」（handicapé）這個詞。它來自英語，意思是「手裡拿著帽子」。

我也不喜歡「不正常的」（anormal）這個詞，尤其是當它和「孩子」（enfant）連用的時候。

什麼叫做正常？成為應該成為的樣子，達到應該符合的標準，就是所謂的平均值，一般般。我不太喜歡平庸的東西，我喜歡那些不在平均值內的人，那些高於平均值的人，而且甚至是低於平均值的人。總之不要和所有人一樣。我比較喜歡「與眾不同」這個說法，誰叫我有時候真的不怎麼喜歡其他人呢。

與眾不同不代表比別人差，而是與其他人不同。

一隻與眾不同的鳥是什麼意思？可能是一隻會懼高的鳥，也可能是一隻不用看樂譜就能唱出莫札特每一首長笛奏鳴曲的鳥。

一頭與眾不同的牛，可能是一頭會打電話的牛。

當我談起我的小孩時，我說他們「與眾不同」，藉此留下懸念。

愛因斯坦、莫札特、米開朗基羅都與眾不同。

如果你們和別人一樣，我會帶你們去美術館。我們會一起欣賞林布蘭、莫內、透納[23]，然後還有林布蘭……

如果你們和別人一樣，我會送你們古典音樂唱片，我們會一起聽莫札特、貝多芬、巴哈，然後還有莫札特……

如果你們和別人一樣，我會送你們很多普維[24]、馬歇爾·埃梅[25]、格諾[26]、尤內斯庫[27]的書，然後還有普維……

---

23 透納（Joseph Mallord William Turner, 1912-1956），英國浪漫主義風景畫家。
24 普維（Jacques Prévrt, 1900-1977），法國詩人和劇作家。
25 馬歇爾·埃梅（Marcel Aymé, 1902-1967），法國小說家和劇作家。
26 格諾（Raymond Queneau, 1903-1976），法國詩人。
27 尤內斯庫（Eugène Ionesco, 1909-1994），羅馬尼亞裔的法國劇作家。

如果你們和別人一樣，我會帶你們去看電影，我們會一起觀賞卓別林、愛森斯坦[28]、希區考克、布紐爾[29]的老電影，然後還有卓別林……

如果你們和別人一樣，我會帶你們去高級餐廳，讓你們品嘗香波－蜜思妮葡萄酒，然後還有香波－蜜思妮葡萄酒。

如果你們和別人一樣，我們會一起打網球、籃球和排球。

如果你們和別人一樣，我們會一起爬上哥德式大教堂的鐘樓，從鳥兒的角度來看世界。

如果你們和別人一樣，我會送你們時髦的潮服，讓你們成為最帥的型男。

如果你們和別人一樣，我會開著我的敞篷老爺車，帶你們和你們的未婚妻去舞會。

如果你們和別人一樣，我會偷偷塞給你們一些零用錢，讓你們買禮物送給未婚妻。

如果你們和別人一樣，我們會為你們的婚禮舉辦盛大的派對。

如果你們和別人一樣，我會有孫子孫女。

如果你們和別人一樣，我或許不會那麼擔心未來。

但如果你們和別人一樣，你們就會和所有人一樣。

也許你們在學校裡不會學到任何東西。

你們可能會變成不良少年。

你們可能會改裝機車排氣管，讓它發出更大的噪音。

你們可能會失業。

---

28 愛森斯坦（Sergei Eisenstein, 1898-1948），蘇聯導演。

29 布紐爾（Luis Buñuel Portolés, 1900-1983），西班牙國寶級電影導演。

你們可能會喜歡尚米歇·賈爾[30]的音樂。
你們可能會娶一個笨女人。
你們可能會離婚。
你們也許還會生下殘障的孩子。
好險，我們逃過一劫。

我帶我的貓去結紮了，沒事先告訴牠，也沒徵求牠的同意，更沒跟牠解釋這麼做的利弊。我只是隨口說我們要去割扁桃腺。那天之後，我覺得牠一直對我擺臭臉。我不敢再去直視牠的眼睛，內心充滿愧疚。

我想起曾經有人主張對殘障兒進行結紮手術。善良社會大可放心，我的小孩不會繁衍後代。我不會有孫子孫女，我不會有機會牽著小小手散步，讓它在我的老手裡扭動。沒有人會問我太陽落下後

30 尚米歇・賈爾（Jean-Michel Jarre, 1948～），法國電子音樂藝術家。

去了哪裡；也沒有人會叫我「爺爺」，除了那些跟在我後面，嫌我開車太慢的小屁孩。家族血脈將在這一代終結，一切到此為止，或許這樣最好。

父母只應該生出正常的小孩，這些孩子都會在嬰兒選美比賽中並列第一名，之後還會在全國學科競賽中奪得冠軍。我們應該禁止生出不正常的孩子。

對我的小小鳥們來說，這不成問題，完全不用擔心。他們不會造成太多傷害，因為他們的小雞雞就像田螺一樣迷你。

我剛買了一輛二手的卡瑪洛，美國車，深綠色，內裝是白色的人工皮，有點高調。

我們要去葡萄牙度假。

這次我們帶了托馬，他將會看到大海。我們先去教養院接他，它叫「泉源」，就位在杜爾（Tours）近郊。

卡瑪洛行駛在公路上，安靜無聲。

在西班牙過夜後，我們抵達此行的目的地薩格里什[31]。飯店是白

31 薩格里什（Sagres），葡萄牙法魯區比什普鎮的一個堂區。

色的，天空是藍色的，海上的光芒燦爛耀眼，幾乎就像身處在非洲。

終於抵達的喜悅心情難以言喻。我們協助托馬下車，他很開心，看著飯店，拍手高喊：「泉源！泉源！」他以為自己回到了教養院。也許是陽光讓他睜不開眼睛，或者這是個玩笑，他這麼說是為了逗我們開心。

飯店有點浮誇，員工穿著配上金色鈕扣的酒紅色制服。服務生都別著名牌，服務我們的那位叫維克多．雨果。托馬想親吻現場的每個人。

托馬享受著小王子般的待遇。他不開心的是服務生在上菜前會把桌上的裝飾盤收走，他很生氣，緊緊抓住他的盤子不讓人拿走。他大喊：「不行，先生！不要拿走盤子！不要拿走盤子！」他可能以為如果盤子被拿走，他就沒東西吃了。

托馬怕海，害怕大浪的聲音，我試著讓他習慣。我抱著他走進海裡，他緊緊抓住我，整個人嚇壞了。我永遠不會忘記他那驚恐的表情。有一天，托馬想出一個辦法來結束這種折磨，好讓我們離開水中。他會擺出一副受盡委屈的表情，然後使盡全力高喊：「便便！」儘管海浪聲很大，我們還是聽見了。我以為是緊急情況，馬上抱他離開海裡。

我很快就明白他在瞎說。我很激動。托馬並不笨，他的小鳥腦袋裡還是會有靈光閃現。

他竟然會撒謊。

馬修和托馬的皮夾裡永遠不會有金融卡或停車卡。他們永遠不會有錢包。他們唯一的卡是殘障卡。

它是橘色的，風格很活潑，上面用綠色字體寫著「站立困難」。

它由巴黎行政長官簽發。

他們的殘障等級屬於百分之八十的嚴重程度。共和國行政長官對他們的未來不抱任何幻想，直接簽發了「永久有效」的證件。

卡片上有他們的照片。他們古怪的腦袋，茫然的眼神……他們在想什麼？我今天還在使用這張卡片，偶爾違停的時候，我會把它放在擋風玻璃上。真的要謝謝他們，我才能不被開單。

我的小孩永遠不會有履歷表。他們做過什麼？什麼都沒有。剛好，也沒有人要求他們做什麼。

我們能在他們的履歷表上寫些什麼呢？不正常的童年，然後被永久安置在教養院，先是「泉源」，然後是「雪松」，都是好聽的名字。

我的小孩永遠不會有前科。他們非常清白，沒有做過任何壞事，他們也不知該怎麼做。

有時在冬天看到他們戴著頭套，我會想像他們是銀行搶匪。他們動作遲緩，雙手顫抖，根本不構成危險。

警察可以輕易逮住他們，他們不會逃跑，他們根本不會跑。我始終不明白，為什麼他們會受到如此嚴厲的懲罰。真不公平，他們什麼都沒做。

這就像是一樁殘酷的司法冤案。

在一段令人難忘的短劇中，皮耶．德普治對他的孩子們進行報復，因為他們總在母親節和父親節送他可怕的禮物。

而我，我從沒有報復的機會。我從來沒有收到過任何東西。沒有禮物，沒有祝福，什麼都沒有。但是在節日的那一天，我願意付出一切，只為了換取馬修用優格罐改造成的收納罐。他會用紫色羊毛氈裝飾它，並貼上他親自剪下的金色星星。

那一天，我願意付出一切，只為了得到托馬寫得歪歪扭扭的祝福，他會花很多力氣寫下：「我女子喜番你[32]」。

32 意即：我好喜歡你。

那一天，我願意付出一切，只為了收到一個像洋薑一樣歪七扭八的煙灰缸。那是馬修親手用黏土做的，他會在上面刻上「爸爸」的字樣。

因為他們與眾不同，所以他們可能會送我非比尋常的禮物。那一天，我願意付出一切，哪怕只是一顆石頭、一片枯葉、一隻綠蒼蠅、一顆栗子、一隻瓢蟲……

因為他們與眾不同，所以他們可能會畫出別具一格的圖畫。那一天，我願意付出一切，只為了看到歪七扭八的動物，像是出自杜布菲[33]的搞笑駱駝和畢卡索的馬匹。

他們從沒有任何表示。

不是因為他們不願意，也不是因為他們不想，我想他們是願意的，只是他們做不到。因為他們的手在顫抖，他們的眼睛看不清楚，他們的腦袋裡裝著稻草。

33 杜布菲（Jean Dubuffet, 1901-1985），法國畫家和雕塑家。

親愛的爸爸：

父親節到了，我們想送給你的，就是這封信。

我們並不打算誇你所做的事情：看我們這樣就知道了。生一個像其他人一樣的孩子有那麼難嗎？每天都有那麼多正常的小孩出生，看看有些父母的德行，我們覺得這應該不是什麼難事吧？

我們沒有要你生出天才兒童，只是普通的孩子。但是這一次，你還是偏要跟別人不一樣。你贏了，我們輸了。你覺得當殘障兒很有趣嗎？我們確實能享受到一些好處：不用去學校，沒有作業，不用上課，沒有考試，沒有處罰。但話說回來，我們也沒有獎勵，錯過了很多東西。

也許馬修會愛上踢足球。但你能想像他那弱不禁風的模樣，在球場上和一群粗魯的大個子為伍？他可能撐不過比賽就沒命了。

而我，我原本想成為生物學研究員，但是腦袋裡裝稻草根本不可能。

你覺得一輩子都和殘障人士在一起很好玩嗎？有些人很難相處，總是在尖叫，讓我們無法入睡，還有些脾氣暴躁的會咬人。

不過我們不會懷恨在心，還是很喜歡你，所以祝你父親節快樂。

這封信背後有一幅我為你作的畫。馬修不會畫畫，只能給你一個親親。

與眾不同的孩子並不是某個國家的特產，這樣的孩子在世界各地都有。在托馬和馬修所在的教養院裡，有一個柬埔寨孩子。他的父母法語說得不太好，很難與機構的主任醫生溝通，有時甚至令人啼笑皆非。他們每次探視總是一臉失望，不斷堅持醫生是誤診。

「我們的兒子跟蒙古[34]沒關係，他是柬埔寨人！」

34 指「唐氏症」的俗稱「蒙古症」(mongolien)。

不要談論遺傳學，這個詞太不吉利了。

不是我想到了遺傳學，而是遺傳學找上了我。

我看著我兩個壞掉的小朋友，只希望他們變成這樣不是我的錯。

如果他們不會說話、不會寫字、不會數到一百、不會騎腳踏車、不會游泳、不會彈鋼琴、不會綁鞋帶、不會吃海螺、不會用電腦，那也不是因為我沒教好他們，也不應該怪他們成長的環境……看看他們。就算他們跛腳，就算他們駝背，也不是我的錯，是運氣不好。

也許「遺傳學」不過就是倒霉的學院派說法？

我的女兒瑪麗告訴她的同學們，她有兩個身心障礙的哥哥。她們不信，還說她胡說八道，是在吹牛。

有些母親會在寶寶的搖籃前說：「我們不希望他長大，永遠都這麼小就好了。」生下殘障兒的媽媽真的很好命，她們逗弄娃娃的時間可以更久。

但總有一天，娃娃會變成三十公斤，而且不一定會乖乖聽話。

爸爸往往是在小孩長大、變得好奇、開始提問題之後，才會開始關注他們。

我一直在等待那一刻的到來，但是他們永遠只有一個問題：

「爸爸，我們去哪裡？」

孩子所能獲得最好的禮物，就是有人能滿足他們的好奇心，教他們欣賞美好的事物。但是生下馬修與托馬的我，沒有這種運氣。

我本來很想當小學老師，教會孩子們東西又不會讓他們感到無趣。

我為孩子們製作過動畫，但我的孩子們從來沒有看過；我寫了書，但他們沒有讀過。

我多麼希望他們能以我為榮，告訴同學說：「我爸比你爸厲害。」

如果孩子需要對父親感到驕傲，也許父親也需要孩子的崇拜才能讓自己覺得踏實。

在電視節目之間還有彩條測試畫面的年代，馬修和托馬可以連續好幾個小時盯著螢幕。托馬很喜歡看電視，特別是他在電視上看到我之後。他視力不好，卻還能在小螢幕畫面的人群中認出我來，然後大喊：「爸爸！」

節目播完之後，他不肯去吃晚飯，想繼續待在電視機前。他喊道：「爸爸！爸爸！」他以為我還會再出現。

也許我錯了，我以為我對他來說不重要，以為他沒有我也能過得很好。這件事讓我很感動，卻也讓我感到內疚。我實在無法想像自己和他一起生活，每天帶著他去家樂福看史努比玩偶。

托馬就要十四歲了。我在他這個年紀的時候，正在準備初中會考（BEPC）。

我看著托馬。我很難在他身上看出自己的影子，我們長得並不像。也許這樣更好，但我不會說是對誰比較好。我到底是怎麼了，竟然會想要生小孩？

是因為驕傲嗎？我是不是覺得自己很了不起，所以想在這世界上留下幾個小「我」？還是因為我不想完全死去，想留下點痕跡，好讓人們能追隨我的足跡？

有時我覺得自己確實留下了痕跡，但就像穿著沾滿泥巴的鞋子走在打過蠟的地板上，留下了那種遭人痛罵的痕跡。

每當我看著托馬，想起馬修的時候，我都會問自己當初生下他們是不是做錯了。

也許該去問問他們才對。

我還是希望史努比、溫水澡、貓咪的撫摸、一縷陽光、一顆皮球、逛家樂福、別人的微笑、小汽車、薯條等等，所有屬於他們的小確幸加在一起，可以讓這趟人生旅程不至於那麼痛苦。

我想起一隻白色的鴿子，牠出現在教養院的勞作教室裡。孩子們在教室做勞作，說穿了就是有些孩子會在紙上胡亂塗鴉，有些則呆坐不動或是自顧自地傻笑。

當白鴿飛進教室時，有些孩子驚喜地拍手。有時鴿子抖落的小羽毛在空中盤旋而下，吸引了孩子專注的目光。教室裡洋溢著某種和平的氣氛，也許是因為鴿子的緣故。鴿子有時會停在桌上，或是恰巧停在孩子的肩膀上，讓人想起畢卡索的作品〈小孩與鴿子〉。有些孩子因為害怕而尖叫，但是鴿子很溫順。托馬追著牠跑，一邊喊著「小母雞」。他想要抓住牠，也許還想要拔牠的毛？

動物和人類世界之間鮮少有這樣和諧的時刻。在這些小鳥腦之間，大家心意相通。聖方濟各[35]彷彿就在附近，呈現出喬托[36]筆下鳥群聚集的畫面。

這些純真孩子的手中滿滿的，都是顏料。

托馬十八歲，長大成人了，但整個人幾乎站不住，光靠矯正背心已經不夠，他需要一個可以依靠的監護人。我被選中了。一位監護人的雙腳必須深深扎根在土裡，他必須堅強、穩固，能夠抵禦狂風，即使在風雨中也能屹立不搖。

想不到他們竟然會選我。

35 亞西西的聖方濟各（Saint François d'Assise, 1182-1226），知名的苦行僧，是動物、天主教運動、及自然環境的守護聖人。據說他可以和鳥類交流，可以讓牠們安靜下來。

36 喬托（Giotto di Bondone, 1267-1337），中世紀晚期義大利畫家與建築師，被認為是義大利文藝復興時期的開創者。

現在由我來管理托馬的財務，還得負責簽發支票。托馬不在乎錢，他不太懂錢是什麼。我記得有一次在葡萄牙的一家餐廳，他把我夾皮裡的紙鈔全部拿出來，分送給在場的所有人。如果我問托馬的意見，如果他能夠告訴我，我敢肯定他會對我說：「去啊，老爸，好好享受一下。我們去玩個痛快，一起把我的殘障補助花個精光。」

托馬一點也不小氣。我們會用他的錢去買一輛拉風的敞篷車。我們會像兩個老朋友一樣外出找樂子。就像電影裡演的一樣，我們會去海邊，住進掛滿水晶吊燈的豪華飯店，在高級餐廳吃晚餐，暢飲香檳，大聊特聊，聊車子、聊書、聊音樂、聊電影、聊女生……

我們會在夜晚的海邊散步，走在空無一人的大沙灘上。我們會看著發光的魚兒在黑色海水中留下明亮的軌跡。我們會談論人生、談論死亡、談論上帝。我們會仰望星星，看著海岸上閃爍的燈火。我們

會對事物產生歧見，所以我們會吵架。他會罵我是老混蛋，而我會對他說：「請放尊重一點，我是你爸爸。」然後他會回嘴說：「但你沒資格驕傲。」

殘障的孩子也有投票權。

托馬成年了，他可以去投票。我確信他已經認真思考過了，權衡利弊得失，仔細分析兩位候選人的政見，還有他們針對經濟提出的主張，同時仔細研究了各黨派的領導班子。他還在猶豫，遲遲無法做出決定。

該投給史努比還是小貓咪呢？

沉默一會兒，他突然開口問：「那你的兩個兒子呢？」

他大概還不知道其中一個好幾年前就過世了。

大概是話題變得有點乾，他擔心氣氛再次冷場。飯已經吃完了，每個人都在聊自己的近況，現在需要重新炒熱場子。男主人帶著那種「我有個精彩故事要告訴各位」的神情補充：「你們知道嗎？尚路易有兩個殘障的孩子。」

話一說出口，緊接而來的是一陣巨大的沉默，然後是來自不知情賓客的異常騷動，夾帶著同情、驚訝和好奇。一位美麗的女士看向我，露出哀傷含淚的微笑，就像畫家格勒茲[37]筆下的女子。

是的，我的近況就是我的兩個殘障孩子，但我不是任何時候都想談論他們。

主人期待我能逗大家開心，這是個高難度的任務，但我還是盡力而為。

我告訴他們孩子們如何在教養院度過去年的聖誕節：孩子們撞倒了聖誕樹，合唱時大家各唱各的調，之後聖誕樹著火了，放映機在播放電影時掉落，奶油蛋糕也被打翻，還有些家長趴在桌下躲避某位粗心爸爸送給兒子的金屬滾球，而那孩子正把球拋來拋去。這一切都在〈聖嬰誕生了〉的背景音樂下發生……

一開始，大家有點不好意思，不太敢笑。但漸漸地，他們放開了。我獲得了滿堂彩，主人也很滿意。我想我下次還會獲邀出席。

托馬會對著自己的手說話，他叫那隻手「瑪汀」。他和瑪汀有說不完的話，瑪汀應該也會回應他，但只有他自己能聽見。

他會輕聲細語對她說些溫柔的話。有時他們之間會開始大小聲，托馬看起來很不高興。瑪汀一定是說了什麼讓他不開心的話，他才會用低沉的嗓音教訓她。

也許他在責怪她什麼事都做不好？

說真的，瑪汀確實不太靈光，在日常生活中也沒幫上什麼忙，

37 格勒茲（Jean-Baptiste Greuze, 1725-1805），法國畫家。他與同時代描繪宮廷和神話為主的畫家不同，比較關注市民生活，善長風俗畫和肖像畫。

無論是穿衣還是吃飯。她動作不精準，喝水時會灑出來，動作溫吞，扣不好襯衫鈕扣，也不會綁鞋帶，還常常顫抖……

她甚至連撫摸貓咪都做不好，她的撫摸更像是在拍打，嚇得貓落荒而逃。

她不會彈鋼琴、不會開車，連寫字都不會，頂多能畫些抽象的圖畫。也許瑪汀會反駁這不是她的錯，她只負責接收指令。該負責的不是她，而是托馬。

畢竟她只是一隻手。

「喂，托馬，我是爸爸。」

一陣漫長的靜默。

我聽到沉重急促的呼吸聲，然後是教養員的聲音：

「你聽到了嗎，托馬？是爸爸哦。」

「托馬好，你知道我是誰嗎？是爸爸。你還好嗎，托馬？」

沒有回應，只有急促的呼吸聲……終於，托馬開口了。自從變聲後，他的聲音變得低沉。

「爸爸，我們去哪裡？」

他認出我是誰，總算可以繼續交談。

「你過得怎麼樣，托馬？」

「爸爸，我們去哪裡？」

「你有沒有畫漂亮的畫給爸爸、給媽媽，還有你妹妹瑪麗呢？」

沉默。只聽得到沉重的呼吸聲。

「我們要回家嗎？」

「你有畫漂亮的畫嗎？」

「瑪汀。」

「瑪汀還好嗎？」

「堵條堵條堵條！」

「你吃了薯條，好吃嗎？……你想吃薯條？」

沉默……

「親爸爸一個好嗎？跟爸爸說再見？親一個好嗎？」

沉默。

我聽見話筒掉落的聲音，有人在遠處說話。教養員再次接起電話，她告訴我托馬已經放下話筒走開了。

我掛上電話。我們重點都說到了。

托馬近況不太好。儘管服用了鎮靜劑，他仍然焦躁不安。有時他會突然發作，變得非常暴力，甚至必須把他送進精神病院強制治療……

我們打算下週去看他，和他一起吃午餐。聖誕節快到了，我告訴教養員會帶份禮物給托馬，但該送什麼好呢？

她告訴我機構裡的院生整天都在聽音樂，各種類型的音樂，連古典樂也有。有位院生的父母是音樂家，會聽莫札特和白遼士。我想到〈郭德堡變奏曲〉，它是巴哈為了安撫焦慮的凱瑟林伯爵所寫的作品。在教養院裡，肯定有不少需要找回平靜的凱瑟林伯爵，巴哈的音樂正好適合他們。

我帶了唱片過去，教養員會試試看這個方法。

如果有一天，巴哈能取代百憂解該有多好……

三十年過去了，我在抽屜深處找到托馬和馬修出生時的卡片。樣式很傳統，是我們喜歡的簡潔風格，沒有花朵也沒有送子鳥的圖案。紙張已經泛黃，但依然能清晰辨認出上面的花體字寫著：我們帶著歡喜的心情向你宣布馬修的誕生……然後是托馬……

當然，那曾是喜悅，是千金難買的時刻，是獨一無二的經歷，是深刻的感動，是難以言喻的幸福……

然而有多幸福就有多失落。

我們懷著沉痛的心情向你宣告，馬修和托馬是殘障兒童，他們腦袋裡裝了稻草，永遠無法上學，一輩子都會做傻事。馬修非常不幸，將很快地離開我們。瘦弱的托馬會待得久一點，駝背也會越來越嚴重……他仍會對自己的手說話，行動困難，不再畫畫，不像從前那樣快樂，也不再開口問：「爸爸，我們去哪裡？」

或許是他在現在的地方過得還不錯。

也或許，他只是哪裡都不想去了……

每次收到別人的寶寶誕生卡，我都不想回覆，更別說恭喜那些開心的贏家。

當然，我很嫉妒，但更多的是感到煩躁。尤其是幾年後，那些幸福又充滿驕傲的父母，總愛向我秀出他們可愛孩子的照片。他們會引述孩子最近脫口而出的金句，炫耀孩子的各種表現。我覺得這些人既傲慢又庸俗，就像對開著一輛雪鐵龍2CV破車的人吹噓自己保時捷的性能。

「他才四歲就已經會看書和數數了……」他們不留情面，秀出生日派對的照片。心肝寶貝數完四根蠟燭後吹熄火焰，爸爸在一旁用攝影機記錄下來。這時我腦中會浮現邪惡的想法：我看見燭火點燃桌布，引燃窗簾，然後整棟房子陷入火海。

你們的孩子當然是全世界最漂亮、最聰明的，而我的孩子最醜也最笨。都是我的錯，是我把他們生壞了。

十五歲的托馬和馬修，依然不會閱讀、不會寫字，甚至連話都說不清楚。

有很長一段時間我沒去看托馬。昨天我去探望他。他越來越常坐在輪椅上，行動變得很不方便。遲疑了一會兒，他才認出我，問說：「爸爸，我們去哪裡？」

托馬的背越來越駝。他想要出去走走。我們的對話簡短而且一直在重複。他的話比以前更少了，也還是會對著自己的手喃喃自語。

托馬帶我們進他房間。明亮的黃色牆面，史努比玩偶依舊在床上。牆上掛著一幅他早期的抽象作品，像是一隻困在網裡的蜘蛛。

托馬換了地方，現在住在一個小房間裡，有十二名院生，都是些看起來像老小孩的成年人。他們沒有年齡，無法被時間定義，彷彿都出生在二月三十日……最老的那位叼著菸斗，對著教養員吐舌頭。有個盲人沿著走廊牆壁摸索前行。有些人會跟我們打招呼，多數人則對我們視而不見。偶爾可以聽到一聲尖叫，接著便歸於寂靜，只剩下那位盲人趿著拖鞋的聲音。

我們得跨過幾個躺在大廳中央的住民，他們仰望著天花板發呆，有時會對著看不見的天使微笑。

眼前的一切並不令人難過，而是詭異之中帶著美感。有些人緩緩攪動空氣的動作，像極了現代舞或歌舞伎的身段。另一個人在臉前屈折手臂的姿態，讓人想起伊貢・席勒[38]的自畫像。

一張桌前坐著兩名視障者，他們相互撫摸彼此的手。另一張桌前是個禿頂灰髮的住民，如果他換上灰色三件式西裝，就是一副公證人的模樣。只是他現在圍著圍兜，不斷重複說著：「便便，便便，便便……」

這裡百無禁忌，任何怪異的舉止、瘋狂的行徑都不會遭人評判。

在這裡，如果一本正經、舉止正常，反倒會讓人覺得彆扭，覺得自己格格不入甚至可笑。

每次到訪，我都想和他們一樣，做些傻事。

38 伊貢・席勒（Egon Schiele, 1890-1918），奧地利表現主義的關鍵人物，善於描繪扭曲的肢體和人物，呈現畫中人物神經質的情緒和不安。

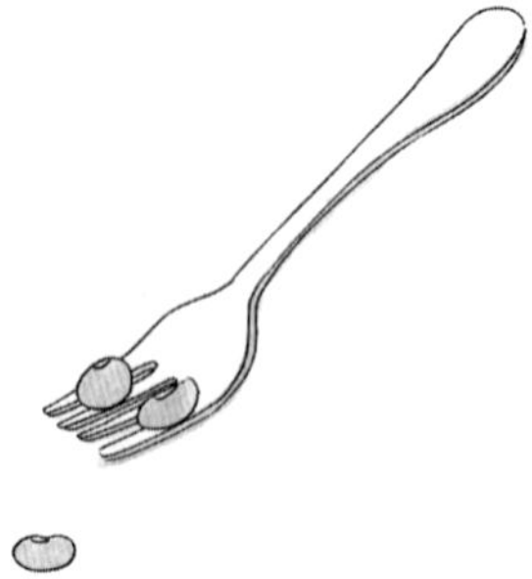

在教養院裡，每件事情都很困難，有時甚至是不可能的任務，像是穿衣、綁鞋帶、扣腰帶、拉開拉鍊、拿穩叉子。

我看著一位二十歲的老小孩，他的教養員正努力教他自己吃豌豆。我這才明白，日常生活中最簡單的動作對他而言都需要卯足全力。

有時會出現一些值得奧運金牌肯定的小小進展，像是他剛才用叉子舀起了幾顆豌豆，成功送進嘴裡沒有掉下來。他非常驕傲，意氣風發地看著我們。真該為他和他的教養員奏起國歌。

下週，教養院將舉辦一場大型運動會——第十三屆院際運動會，專為輕障院生所設立，有好幾個比賽項目，包括滾球入靶、三輪車障礙賽、籃球、精準投擲、肢體協調賽和點球射門。我不禁想起雷澤那幅描繪帕拉林匹克運動會[39]的諷刺漫畫：體育場裡掛滿了橫幅布條，上頭寫著「不准笑」。

當然，托馬不會參賽，他只是觀眾。我們會推著他的輪椅到運

39 帕拉林匹克運動會又稱為「帕運會」、「帕運」、「帕奧」，是專為身心障礙者舉辦的大型國際體育賽事。

動場邊觀看比賽。不過我不覺得托馬會對比賽感興趣，他內心世界的牆越築越高。他在想什麼呢？

他是否知道三十多年前，那個總是笑呵呵的金髮小天使對我來說有什麼意義？如今他卻像隻滴水獸般流著口水，再也沒有笑容。

運動會結束後是頒獎典禮，頒發獎牌和獎盃。我曾經多麼希望當個為孩子驕傲的父親，好向朋友們炫耀你們取得的文憑、獎狀，還有在運動場上贏來的獎盃。我們會把獎盃陳列在客廳的展示櫃裡，旁邊還擺上我們的合影。

照片裡的我一定會像個釣到大魚的釣客，露出一副心滿意足的憨笑。

年輕時，我曾盼望將來能生下一大群孩子。我想像自己唱歌登山，帶著長得像我的小水手橫渡海洋，並領著一群目光靈動、充滿好奇的快樂兒童環遊世界。我會教他們許多知識，像是認識樹木、鳥兒和群星的名字。

我會教他們打籃球和排球，和他們一起較量，有時甚至還會輸給他們。

我會帶他們欣賞繪畫，聆聽音樂。

我會私底下教他們幾句髒話。

我會教他們「放屁」這個動詞的變位。

我會向他們講解內燃機的運作原理。
我會為他們編很多搞笑的故事。
但是我運氣不好。我押注基因樂透，然後我輸了。

「你的小孩現在多大了？」這關你什麼事？

我的孩子們沒有年紀。馬修已超脫年歲，托馬大概有一百歲了吧。

他們是兩個駝背的小老頭，腦袋不太靈光，卻始終溫順可愛。

我的孩子從來不知道自己幾歲。托馬至今仍啃咬著破舊的玩具熊，他不知道自己老了，沒人告訴過他。

他們小時候得定期換鞋，每年加大一號。只有他們的腳在長大，智商卻沒跟上。時間過去，他們的智商反而在減退；他們的進步是往反方向走。

當你一輩子與玩積木、抱玩具熊的孩子為伍，自己也會停滯在年輕狀態。你搞不清自己究竟到了哪個階段。

我不太確定自己是誰，不太清楚自己走到人生的哪個階段，甚至記不得自己的年紀。我總覺得自己才三十歲，什麼都無所謂。我彷彿置身在一場荒謬的鬧劇裡，我也不太正經，對什麼都不當回事。我還是繼續胡說八道、寫些無厘頭的東西。我的道路盡頭是個死巷，我的人生就是一條絕路。

國家圖書館出版品預行編目 (CIP) 資料

爸爸，我們去哪裡？／尚路易・傅尼葉 (Jean-Louis Fournier) 著；范兆延譯 . -- 初版 . -- 臺北市：遠流出版事業股份有限公司，2025.06 面；公分
譯自：Où on va, papa?
ISBN 978-626-418-187-7(平裝)

876.6 114005416

爸爸，我們去哪裡？

Où on va, papa?

作者——尚路易・傅尼葉
譯者——范兆延
插畫——黃方方
副總編輯——簡伊玲
特約主編——金文蕙
美術設計——王瓊瑤
企劃主任——林芳如

發行人——王榮文
出版發行——遠流出版事業股份有限公司
地址——104005 台北市中山北路一段 11 號 13 樓
客服電話——(02) 2571-0297
傳真——(02) 2571-0197
郵撥——0189456-1
著作權顧問——蕭雄淋律師
ISBN ——978-626-418-187-7

2025 年 6 月 1 日 初版一刷
定價——新台幣 380 元
（缺頁或破損的書，請寄回更換）

遠流博識網 http://www.ylib.com
E-mail: ylib@ylib.com
遠流粉絲團 https://www.facebook.com/ylibfans